RED DRAGON BOOKS

AF669895

VERMES DA TERRA

ESCLARECIMENTO

Com esta tradução literal buscamos preservar as particularidades da escrita e narrativa original em inglês de Robert E. Howard, quase palavra a palavra, em vez de acrescentar enxertos ou floreios, comuns em traduções. Assim, buscamos apresentar ao leitor, as singularidades características da escrita, narrativa e construção literária do autor e não do tradutor.

Robert E. Howard

Vermes da Terra

Tradução e Introdução
Alex Magnos

RED DRAGON
PUBLISHER

Copyright © 2021 Red Dragon Publisher

Título Original
Worms of the Earth
(Publicado originalmente em 1932)

Publisher: ***Alexandre M Brito***
Editor: ***Alex Magnos***
Assistente: ***Giordano Bruno***
Comercial: ***Marcus Santos***

Projeto Gráfico: ***Yi Long***
Revisão: ***Julia Santos***

Ilustração da Capa: ***Rodrigues & Freire***
Design da Capa: ***Alex Magnos***

Red Dragon Comics e Red Dragon Books
são selos editoriais Copyrighted & Trademarked
da Red Dragon Publisher.

Todos os direitos desta edição reservados.
Nenhuma parte desta obra pode ser
reproduzida ou transmitida sem a prévia
autorização por escrito do editor.

RED DRAGON PUBLISHER
Alex Magnos Storyteller
Fortaleza CE Brasil
contato@reddragonpublisher.com
www.reddragonpublisher.com

1ª edição, Fevereiro de 2017
3ª impressão, Janeiro de 2021

Dados Internacionais de Catalogação da Publicação - CIP
Catalogação na Fonte

Howard, Robert E. (1906 - 1936)
Vermes da terra / Robert E. Howard. Tradução de Alex Magnos. - 1. ed. Fortaleza, CE : Red Dragon Publisher, 2017.

ISBN 978-85-69097-09-9
1. Ficção norte americana 2. Ficção fantástica
I. Título. II. Howard, Robert E. (1906 - 1936) CDD-813

Índices para catálogo sistemático:
1. Ficção norte-americana : Ficção fantástica
813

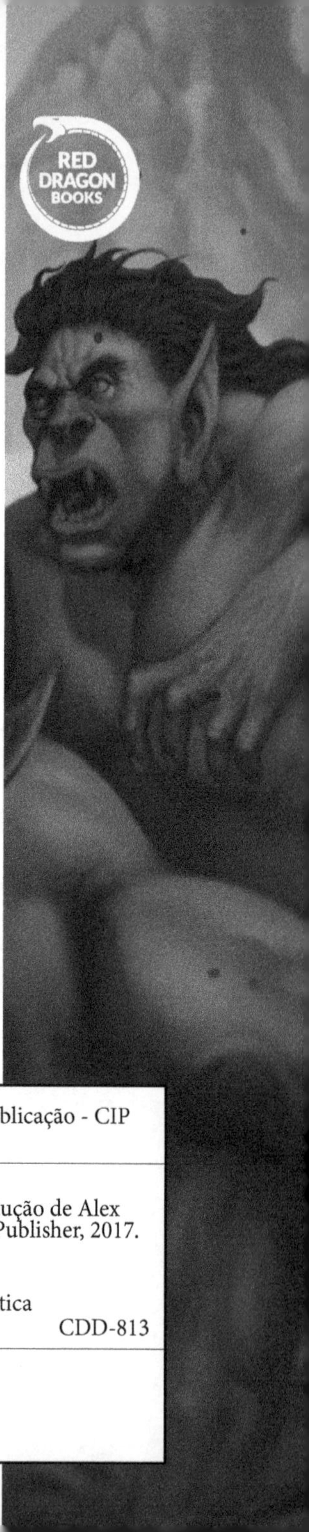

"Deuses Negros de R'lyeh,
mesmo a vós eu invocaria pela ruína
e destruição desses açougueiros assassinos!
Mas eu juro, pelos Antigos Inomináveis,
que muitos homens vão morrer uivando por
essa infâmia, e Roma clamará como
uma mulher que tropeça
em uma víbora!"

- Robert E. Howard

INDEX

Introdução

Para começar, preciso dizer que é uma honra imensurável ser o tradutor da primeira publicação de *Vermes da Terra*[1] no Brasil. Sou admirador de Robert E. Howard desde criança, quando descobri seu personagem, Conan da Ciméria, em *A Espada Selvagem de Conan*, nos idos anos 80. A força do personagem, que é um reflexo de uma visão de um mundo e de uma realidade apenas sonhada por Howard, conquistou-me e, até certo ponto, moldou minha própria visão de mundo.

As histórias escritas por Howard são poderosas, pois vão além da simples ficção ou pura fantasia para, muitas vezes, chacoalhar-nos com uma verdadeira tormenta de questionamentos filosóficos sobre conceitos tidos como tão comuns e corriqueiros às pessoas, que são praticamente deixados à deriva, tais como civilização, a exemplo das reflexões de um homem da fronteira ao final da batalha sangrenta entre o exército aquilônio e os selvagens pictos em *Beyond the Black River* (*Além do Rio Negro*), de 1935; através de um personagem secundário, refletindo sobre o comportamento e atitudes de Conan, Howard diz: "*Barbarismo é o estado natural da humanidade. Civilização é antinatural. É um capricho circunstancial. Barbarismo sempre há de triunfar no fim.*"; espiritualidade, ou mesmo religiosidade, como na memorável e profunda resposta de Conan, à pergunta de Bêlit, sobre se ele acreditava nos deuses, em *Queen of the Black Coast* (*Rainha da Costa Negra*), de 1934, quando Howard diz: "*Já conheci muitos deuses. A aquele que os nega é tão cego como aquele que confia*

1 - A primeira edição de Vermes da Terra foi publicada em janeiro de 2016.

neles muito profundamente. Eu não busco o além da morte. Pode ser que seja a negritude afirmada pelos céticos nemedianos, ou o reino nebuloso e gelado de Crom, ou as planícies nevadas e salões abobadados do Valhalla de Nordheim. Eu não sei, nem me importo. Deixe-me viver profundamente enquanto eu estou vivo; deixe-me conhecer os ricos sucos da carne vermelha e a pungência do vinho no meu paladar, o abraço quente de alvos braços, a exultação louca da batalha quando as lâminas azuladas irrompem carmesim, e eu sou contente. Que os professores, os sacerdotes e os filósofos cismem em questões sobre o que é realidade e ilusão. Eu sei disso: se a vida é ilusão, então eu não sou menos que uma ilusão, e sendo assim, a ilusão é real para mim. Eu vivo, eu queimo com a vida, eu amo, eu mato, e sou contente."; e, mesmo ética e moral humana, também em *Rainha da Costa Negra*, quando Conan relata os acontecimentos que o levaram a fugir da cidade de *Messântia* abordo do navio mercante de Tito: *"Bem, ontem à noite em uma taberna, um capitão da guarda real tentou violar a namorada de um jovem soldado, que naturalmente o matou. Mas parece que há alguma lei amaldiçoada contra a matança de guardas, e o rapaz e sua namorada fugiram. Disseram que fui visto com eles, por isso hoje fui levado à corte, então um juiz me perguntou onde o rapaz tinha ido. Eu respondi que, desde que ele era um amigo meu, eu não poderia trai-lo. Então a corte se enrubesceu, e o juiz falou muito sobre o meu dever para com o Estado, a Sociedade, e outras coisas que eu não entendi, e me mandou dizer para onde meu amigo tinha fugido. Por esta altura eu estava ficando irado, pois eu já tinha explicado minha posição. Mas sufoquei minha ira e fiquei calado, porém o juiz alardeou que eu tinha mostrado desprezo pelo tribunal, que eu deveria ser jogado na masmorra para apodrecer até que decidisse trair meu amigo. Então, vendo que eles estavam todos loucos, desembainhei minha espada e parti o crânio do juiz; então, cortei meu caminho para sair do tribunal."*

Vermes da Terra, protagonizado por Bran Mak Morn, o último rei dos pictos, durante o domínio romano na Grã-

Bretanha, não foge a essa regra de questionamentos filosóficos howardianos sobre as condições e conceitos humanos, aos quais eu gosto de aplicar o termo *"barbarismo filosófico"*; porém, *Vermes* vai além de questionamentos e reflexões para discutir o resultado de nossas ações frente a essas tais questões. A trama de *Vermes* é relativamente simples; após testemunhar a crucificação de um súdito pelos romanos, Mak Morn jura vingança contra o mandante da execução, o governador romano Titus Sulla. Para levar sua empreitada a cabo, ele busca auxílio nas forças das trevas e faz um acordo sombrio com os *Vermes da Terra*, na verdade, uma raça de criaturas outrora humanas, que o próprio povo de Bran, os pictos, havia banido para as profundezas séculos antes.

Assim como fez com diversos povos em suas histórias (incluindo os cimérios), Howard criou a sua própria versão do povo picto e o incluiu na mitologia do universo que desenvolvera. O estilo brutal de Howard está representado aqui em sua melhor forma, criando um misto de aventura épica no melhor estilo *espada e feitiçaria* (gênero cuja a criação é atribuída ao próprio Howard) com elementos de terror. Uma curiosidade interessante, é que, como acontece em outras histórias do rei picto, Howard criou uma excelente conexão entre seu universo e o de outro grande escritor contemporâneo e seu amigo missivista, H. P. Lovecraft, criador do *Necronomicon* (tradução literal do grego: *Imagem do Nome dos Mortos*) e dos *Mitos de Cthulhu. Dagon*, o deus marinho mencionado em algumas histórias de Lovecraft e nomeado após um deus filisteu do mundo real, por exemplo, é citado em *Vermes da Terra*, além de outras duas citações aos *"deuses negros"* de *R'lyeh*. Na mais antiga cópia existente de *Vermes da Terra*, a menção a *Cthulhu* é feita pelo nome, embora Howard tenha alterado para *"Deuses Inomináveis"* na edição final. O próprio Lovecraft faz referência a Bran Mak Morn em seu conto *"The Whisperer in Darkness"* (*O Sussurro na Escuridão*) de 1931.

Vermes da Terra, embora seja um dos melhores contos de Robert E. Howard, nunca tinha sido publicado no Brasil, até o presente momento, assim como a maior parte dos escritos de Howard - salvo os sobre Conan -, o que é praticamente um crime à literatura de fantasia, pois estamos falando de um dos maiores nomes da Literatura Fantástica de forma geral. O conto foi originalmente publicado na revista *Weird Tales* em Novembro de 1932, em seguida, republicado em 1975, em uma coleção de contos de Howard intitulada "*Worms of the Earth*" (*Vermes da Terra*), e hoje é considerada uma das grandes obras primas do escritor. Na década de 70, seguindo de perto o sucesso de Conan, a *Marvel Comics* começou a adaptar outros personagens criados por Howard para suas revistas em quadrinhos. *Vermes da Terra* foi uma dessas adaptações, lançada em duas partes, em *The Savage Sword of Conan* #16 e #17 (no Brasil, *A Espada Selvagem de Conan* #27 e #28). A adaptação foi escrita por Roy Thomas e desenhada por Tim Conrad e Barry Smith, obviamente a história foi rapidamente aclamada por público e crítica. Em outubro de 2000, uma versão em cores foi publicada pela *Cross Plains Comics / Wandering Star*. Do inusitado personagem central, que em nada corresponde ao estereótipo de herói, à forte temática (um conto de vingança no qual Bran Mak Morn faz um pacto com seres das trevas para alcançar seu objetivo), tudo nesta aventura funciona, o que justamente fez dela um dos grandes momentos da publicação de HQ dos anos 70.

Com essa publicação de *Vermes da Terra*, em seu formato de conto original de Robert E. Howard, pela primeira vez no Brasil, esperamos contribuir com a história desse conto por essas bandas a fazer surgir cada vez mais apreciadores das criações desse grande escritor: *Robert E. Howard*.

Alex Magnos
Fevereiro, 2016

Vermes da Terra

Robert E. Howard

CAPÍTULO UM

"Martele esses pregos,
soldado, e deixe nosso convidado ver
a realidade de nossa boa justiça romana!"

"Cravem os pregos, soldados, e deixem nosso convidado ver a realidade da nossa boa justiça romana!"

O orador dobrou ainda mais seu manto púrpura sobre sua robusta compleição e se acomodou em sua cadeira oficial, da mesma forma como teria se recostado em seu assento no *Circus Maximus*[2] para se deleitar com o choque das espadas dos gladiadores. Cada um dos seus movimentos era uma demonstração debochada de seu poder. O orgulho aguçado era necessário para a satisfação Romana, e Titus Sulla era muito orgulhoso; pois ele era o governador militar de *Eboracum*[3] e respondia apenas ao imperador de Roma. Ele era um homem bem desenvolvido, de estatura mediana, com as características falconídeas presentes no romano de raça pura. Agora, um sorriso zombeteiro curvou seus lábios carnudos, aumentando a arrogância do seu aspecto altivo.

---

2 - ***Circus Maximus***: Latim para "Grande Circo", é um antigo estádio ou arena de corridas de bigas romanas e entretenimento de massa como os jogos de gladiadores e execuções públicas.

3 - ***Eboracum***: Foi um forte e uma cidade na província romana de *Britannia*. Em seu auge foi a maior cidade no norte da Grã-Bretanha e uma capital provincial. O local permaneceu ocupado após o declínio do Império Romano e, finalmente, evoluiu para a atual cidade de *York*, ocupando o mesmo local em *North Yorkshire*, Inglaterra. Acredita-se que "*Eboracum*" seja derivado do antigo *Brythânico* "*Iburakon*" que provavelmente significa "lugar de árvores teixo".

Distintamente militar na aparência, ele usava o colete de escamas douradas e couraça entalhada da sua posição hierárquica, com a espada curta presa em seu cinto; e sobre o joelho, segurava o elmo prateado com uma crista emplumada. Atrás dele estava um grupo de soldados impassíveis, portando escudos e lanças – eram os titãs loiros da Renânia.

Diante dele se desenrolava uma cena que, aparentemente, dava-lhe uma grande satisfação... uma cena bastante comum onde quer que se estendessem as vastas fronteiras de Roma. Uma pesada cruz estava deitada sobre a terra estéril e sobre ela estava um homem amarrado... seminu, de aspecto selvagem, com seus membros tensionados, olhos vítreos, em choque, e cabelos emaranhados. Seus executores eram soldados romanos que, com martelos pesados, se preparavam para prender na madeira, as mãos e os pés da vítima, com espinhos de ferro.

Apenas um pequeno grupo de homens observava a cena medonha, naquele lugar pavoroso onde ocorriam as execuções, para além dos muros da cidade: o governador e seus guardas vigilantes; alguns jovens oficiais romanos; o homem a quem Sulla tinha se referido como "convidado" e que permaneceu em silêncio como uma imagem de bronze. Comparado ao brilho e esplendor do romano, o aspecto tranquilo deste homem parecia enfadonho, quase melancólico.

Ele tinha pele escura, mas não se parecia com os latinos em torno dele. Não havia nele nada da sensualidade morna, quase oriental dos Mediterrâneos que coloriam suas feições. Quanto aos contornos faciais, os bárbaros loiros atrás da cadeira de Sulla, eram ainda menos parecidos com aquele homem, do que os próprios romanos. Ele não tinha lábios cheios de curvas vermelhas, nem ricas madeixas ondulantes à moda dos gregos. Nem tinha sua tez escura untada pela rica oliva do sul; ao contrário, era um reflexo da obscuridade desnuda e grosseira do norte. O aspecto inteiro do homem vagamente sugeria as brumas sombrias, a escuridão, o frio e os ventos gelados das selvagens terras do norte. Mesmo seus olhos negros eram ríspidos e frios, como labaredas negras que ardiam através de gelo.

Sua altura era mediana, mas havia algo nele que transcendia a mera massa física, era uma certa vitalidade inata e feroz, que só poderia ser comparável a de um lobo ou uma pantera. Em cada linha de seu corpo flexível e maciço, bem como em seus cabelos lisos e grossos e nos lábios finos, tudo isso ficava muito evidente; também no formato aquilino da cabeça sobre o pescoço musculoso, nos largos ombros quadrados, tórax avantajado, costas delgadas e pés pequenos. Moldado com a parcimônia selvagem de uma pantera, ele era uma efígie de potencialidades dinâmicas, sobrepujada com férreo autocontrole.

Aos seus pés, agachou-se outro, também de tez escura... mas a semelhança terminava ali. Esse outro, era um gigante atrofiado, com membros deformados, corpo espesso, uma baixa testa oblíqua e uma expressão de ferocidade amorfa, já claramente mesclada com o medo. Se o homem na cruz já se assemelhava, de uma forma tribal, ao homem chamado por Titus Sulla de convidado, muito mais se assemelhava ao gigante atrofiado que se agachou.

"Bem, Partha Mac Othna", disse o governador com deliberado desaforo, "quando tu voltares para tua tribo, terás um conto para narrar sobre a justiça de Roma, que governa o sul."

"Sim, eu terei um conto", respondeu o outro, com uma voz que não apresentou nenhuma emoção, tal como seu rosto escuro, adestrado à inércia, não mostrara nenhuma evidência do turbilhão vertiginoso em sua alma.

"Justiça para todos sob o domínio de Roma", disse Sulla. "*Pax Romana!* Recompensa para a virtude e punição para o erro!" Ele riu internamente de sua própria sórdida hipocrisia, em seguida, continuou: "Tu vês, emissário das Terras Pictas, como rapidamente Roma pune o transgressor."

"Sim, eu vejo!", respondeu o picto em uma voz cuja raiva reprimida se transformou em ameaça mortal, "Vejo como o súdito de um rei estrangeiro é tratado como se fosse um escravo romano."

"Ele foi julgado e condenado em um tribunal imparcial", respondeu Sulla.

"Sim! E o acusador era um romano, as testemunhas eram romanas, o juiz era romano! Ele cometeu assassinatos? Em um momento de fúria, ele feriu um comerciante romano trapaceiro que o havia enganado e roubado, e não podemos esquecer de acrescentar lesão ao insulto... sim, ele foi lesionado! Por acaso, seria seu rei um cão, para que Roma crucifique seus súditos à vontade, condenados por tribunais romanos? Seria seu rei demasiado néscio ou incapaz de aplicar a justiça, uma vez sendo conhecedor das acusações formais contra o acusado?"

"Bem", disse Sulla cinicamente, "tu mesmo podes informar a Bran Mak Morn. Pois Roma, meu amigo, não dá satisfação de suas ações para reis bárbaros. Quando selvagens vêm para estar entre nós, devem agir com discrição ou sofrerão as consequências."

O picto fechou suas mandíbulas de ferro com um estalo, deixando claro a Sulla que não haveria novos comentários. O romano fez um gesto para os executores. Um deles pegou um prego e o colocou sobre o pulso grosso da vítima, ferindo lhe profundamente. A ponta do espinho de ferro penetrou fundo na carne, triturando os ossos. Os lábios do homem na cruz se contraíam, mas nenhum gemido lhe escapou. Como um lobo aprisionado que peleja contra sua jaula, a vítima indefesa instintivamente se contorcia em convulsões. As veias incharam em suas têmporas, o suor gotejou em sua testa, os músculos dos braços e pernas se contraíam sob a dor e a agonia. Os martelos caiam inexoráveis em golpes potentes, mergulhando cada vez mais profundamente, as pontas cruéis e afiadas, através dos pulsos e tornozelos; o sangue jorrou como um rio rubro sobre as mãos dos homens que seguravam os pregos, manchando a madeira da cruz, até que o estilhaçar de ossos se tornou claramente audível. Mesmo assim, o moribundo não soltou um gemido, embora seus lábios enegrecidos se contorcessem e esticassem, até que as gengivas se tornaram visíveis, e sua cabeça peluda girava involuntariamente de um lado para o lado.

O homem chamado Partha Mac Othna permaneceu em silêncio, como uma estátua de ferro, o ardor nos olhos de um rosto inescrutável, todo o seu corpo rijo como aço devido à tensão de seu titânico autocontrole. A seus pés, estava agachado seu servo disforme, escondendo seu rosto da visão macabra, os braços selados em torno dos joelhos de seu mestre. Aqueles braços apertavam como se feitos de aço e sob o ritmo de sua respiração arfante, o companheiro moribundo sobre a cruz murmurou incessantemente em um apelo final.

Então, ouviu-se o último golpe. As cordas que prendiam braços e pernas, foram cortadas, de modo que o homem pendesse na cruz, suportado apenas pelos pregos. Por fim, o homem na cruz decidiu abandonar sua silenciosa e penosa peleja, que só contribuía para abrir, cada vez mais, suas feridas agonizantes, trespassadas pelas hastes de ferro. Seus olhos negros e brilhantes, nunca desviavam um olhar fixo ao rosto do homem chamado Partha Mac Othna; pois neles, ainda existia uma sombra tênue de terrível esperança. Então, os soldados ergueram a pesada cruz e depositaram sua extremidade inferior no buraco que já aguardava aberto na terra negra, em seguida, cobriram o buraco e firmaram bem sua base para que a haste gigante se mantivesse ereta. O picto pendeu na cruz, suspenso apenas pelos potentes espinhos de ferro que trespassavam suas carnes, mas ainda assim, nenhum som escapou de seus lábios. Seus olhos suplicantes ainda pairavam sobre a face sombria do emissário, mas o vestígio de esperança havia sumindo.

"Ele ainda viverá por dias!" Sulla disse satisfeito. "Estes pictos são mais difíceis de matar do que gatos! Eu vou manter aqui uma guarda de dez soldados que o vigiarão dia e noite, para me certificar de que ninguém virá retirá-lo da cruz antes de estar morto. Ei, tu aí, Valerius, em honra a nosso vizinho ilustre, o Rei

Bran Mak Morn, dê-lhe um copo de vinho!"

Com uma risada o jovem oficial se aproximou, segurando uma taça cheia de vinho, e ficando na ponta dos pés, ergueu-a até os lábios ressecados do moribundo. Nos olhos negros do homem, deflagrou-se uma onda rubra de ódio inexpugnável; então, ele girou a cabeça de lado, para evitar que o taça tocasse seus lábios. Em seguida, com um escárnio feroz, cuspiu nos olhos do jovem romano. Com uma praga explodindo em sua garganta, Valerius atirou o copo no chão, e antes que qualquer um dos que estavam ali presentes pudesse impedi-lo, arrancou sua espada e a embainhou no corpo do homem.

Sulla levantou-se com uma exclamação imperiosa de raiva; o homem chamado Partha Mac Othna sentiu um impulso violento, palavras vieram à sua garganta, mas ele mordeu os lábios e não disse nada. O próprio Valerius mostrou-se surpreso consigo mesmo enquanto limpava sua espada, taciturno. O ato tinha sido instintivo, porém era um insulto ao orgulho romano, o que era insuportável.

"Entregua tua espada, meu jovem!" exclamou Sulla. "Centurião Publius, prenda esse homem. Alguns dias em uma cela a base de pão seco e água, vão ensinar-lhe a refrear seu orgulho patrício em questões relacionadas à vontade do império. Jovem tolo! Não percebeu que não poderia ter dado um presente mais gentil a esse cão? Quem não iria preferir uma morte rápida com a espada, a ter que enfrentar lenta agonia na cruz? Leve-o daqui! E tu, centurião, certifica-te de que os guardas permaneçam vigiando a cruz, para que a carcaça não seja retirada de lá, até que os corvos só deixem de resto os ossos nus. Partha Mac Othna, irei a um banquete na casa de Demetrius... tu me acompanharias?"

O emissário não respondeu, apenas meneou a cabeça, com os olhos fixos no corpo inerte que pendia da cruz escurecida pelos jorros de sangue. Sulla sorriu ironicamente, em seguida, levantou-se e se afastou, seguido por seus secretários que carregavam sua cadeira dourada cerimoniosamente, e por outros soldados impassíveis, que escoltavam Valerius, cabisbaixo.

O homem chamado Partha Mac Othna jogou uma grande dobra de seu manto sobre o ombro forte, e parou por um momento para olhar mais uma vez a macabra cruz que ostentava, tenebrosamente, a carcaça de seu semelhante contra o céu carmesim, onde as nuvens da noite já começavam a se reunir. Então, se afastou, seguido por seu servo silencioso.

CAPÍTULO DOIS

Em uma câmara interna de *Eboracum*, o homem chamado Partha Mac Othna caminha de um lado para outro com a inquietação feroz de um tigre enjaulado. Suas sandálias não faziam ruído algum quando pisavam sobre os ladrilhos de mármore.

"Grom!" ele se virou para o servo deformado. "Bem, eu sei por que tu agarraste meus joelhos com tanta força... Eu sei por que tu murmuraste suplicando à Deusa Lunar... Tu temias que eu perdesse meu autocontrole e realizasse uma tentativa insana de socorrer aquele pobre desgraçado. Pelos deuses, eu acredito que isso era justamente o que o cão romano desejava... Seus cães de guarda, enroscados em couraças de ferro, não desviavam os olhos de mim, eu sei. Aquele foi um martírio deveras difícil de suportar.

"Malditos deuses negros e brancos, das trevas e da luz!" Ele chacoalhou os punhos cerrados acima de sua cabeça, com uma explosão furiosa de sua paixão. "Por eu ter que permanecer em silêncio e ver um dos meus homens ser massacrado por um açougueiro em uma cruz romana... Injustamente condenado, em um julgamento que não passou de uma farsa! *Deuses Negros* de *R'lyeh*, mesmo a vós eu invocaria pela ruína e destruição desses açougueiros assassinos! Mas eu juro, pelos *Antigos Inomináveis*, que muitos homens morrerão uivando por essa infâmia, e Roma clamará como uma mulher que tropeça em uma víbora!"

"Ele, o pobre infeliz, sabia quem é o senhor, mestre", disse Grom.

O outro baixou a cabeça e cobriu os olhos com um gesto

de dor selvagem.

"Aqueles olhos irão me assombrar até o meu leito de morte. Sim, ele me reconheceu, e quase até o último momento, eu li em seus olhos a esperança de que eu fosse ajudá-lo. Deuses e demônios, terei eu que observar inerte, enquanto os açougueiros de Roma assassinam meu povo diante dos meus próprios olhos? Se assim for, então eu não sou um rei, mas um cão!"

"Não fale tão alto, em nome de todos os deuses!", exclamou Grom em um susto. "Pois se esses romanos suspeitassem que o senhor é Bran Mak Morn, também o pregariam em uma cruz ao lado daquele pobre infeliz."

"Eles logo conhecerão a verdade", respondeu sombriamente o rei. "Já faz muito tempo que estou aqui entre eles, sob o disfarce de um emissário, espionando esses meus inimigos. Eles pensam que estão me enganando, esses romanos, ao disfarçarem seu desprezo e desdém sob uma elegância satírica. Roma se mostra cortês com embaixadores bárbaros, eles nos dão belas casas para morar, oferecem-nos escravos, tentam se aproveitar de nossos desejos com mulheres, ouro, vinho e jogos, mas ao mesmo tempo eles riem de nós; a própria cortesia que demonstram é um insulto, e às vezes, como aconteceu hoje, o desprezo que têm, perde todo o verniz. Bah! Eu já conheço todas as tramoias desses romanos... Mantive-me imperturbável, sereno e engoli amargamente todos os insultos e provocações. Mas este último, pelos demônios do inferno, este foi além da resistência humana! Meu povo olha para mim em súplica! Se eu lhes falhar, se eu falhar com um só deles sequer, mesmo que seja o menor e mais humilde entre meu povo, quem irá socorrê-los? A quem irão recorrer? Pelos deuses, eu vou responder os insultos destes cães romanos com setas negras e lâminas afiadas!"

"E o chefe coberto de plumas?" Disse Grom se referindo ao governador, com a sede de sangue estampada no rosto. "Ele morre?" Sacou a lâmina de aço que vibrou em sua mão.

Bran fez uma careta. "É mais fácil falar do que fazer. Sim,

ele morre!.. Mas como poderei chegar perto dele? Seus guardas germânicos se mantém à espreita o dia todo? À noite eles ficam em cada porta e janela. Ele tem muitos inimigos, tanto romanos quanto bárbaros. Talvez um bretão cortasse de bom grado sua garganta."

Grom agarrou a túnica de Bran, gaguejando com ânsia feroz, rompendo os laços da sua natureza inarticulada.

"Deixe-me ir, mestre! Minha vida não vale nada. Eu vou estripá-lo no meio de seus guerreiros!"

Bran sorriu ferozmente, colocando a mão sobre o ombro do gigante atrofiado com uma força que teria derrubado um homem menor.

"Não, velho cão de guerra, eu tenho muita necessidade de ti! Você não deve jogar sua vida fora inutilmente. Sulla iria ler a intenção em teus olhos, além do mais, as lanças de seus guardas Teutões te trespassariam antes que tu pudesses chegar perto daquele cão. Não, pois não será pelo punhal no escuro, que destruiremos esse romano, nem com taças envenenadas ou com as setas embusteiras de uma emboscada."

O rei se virou e caminhou ao redor por um momento, a cabeça inclinada, sua mente tragada por um turbilhão meditativo. Lentamente, seus olhos se turvaram com um pensamento tão terrível que ele baixou sua voz para falar com o guerreiro deformado que o observava inquieto.

"Tornei-me familiarizado com o labirinto que é a política romana durante a minha estadia neste maldito lugar de lama e mármore", disse ele. "Durante a guerra na Muralha de Adriano, Titus Sulla, como governador desta província, deveria assumir liderança e marchar à frente dos seus centuriões. Mas isso, Sulla nunca faz; ele não é covarde, porém os mais bravos sabem como evitar certas coisas... Pois, todo homem, por mais corajoso, tem algum medo particular. Assim, ele envia Caius Camillus em seu lugar, que em tempos de paz, comanda as patrulhas nos pântanos do oeste, para impedir que os bretões irrompam ao longo da fronteira. E Sulla vai se esconder na Torre de Trajano. Ha!"

Ele girou e agarrou Grom com dedos de aço.

"Grom, pegue o garanhão vermelho e vá para o norte! Que nenhuma grama cresça sob os cascos do garanhão! Cavalgue para Cormac na Connacht, diga-lhe para varrer a fronteira com espadas e tochas! Que seus selvagens celtas deleitem-se com o derramamento de sangue e matança. Eu estarei com ele em breve. Antes, porém, tenho assuntos no oeste."

Os olhos negros de Grom brilharam sombriamente, ele fez um gesto impulsivo com sua mão torta. Um movimento instintivo de pura selvageria.

Bran retirou um pesado selo de bronze oculto sob sua túnica.

"Este é o meu salvo-conduto como um emissário aos tribunais romanos", disse severamente. "Isso irá abrir todas as portas entre esta casa e Baal-dor. Caso algum oficial decida questionar-lhe com maior rigor. Aqui, tome!"

Levantando a tampa de uma arca de ferro entrelaçado, Bran tirou uma pequena e pesada sacola de couro que ele colocou nas mãos do guerreiro deformado.

"E quando todas as chaves falharem ao abrir uma porta", disse ele, "use as chaves do ouro. Vá agora!"

Não houve despedidas cerimoniosas entre o rei bárbaro e seu vassalo selvagem. Grom balançou o braço em um gesto de saudação; em seguida, girando sobre os pés, ele se apressou do aposento, tão rápido quanto um fantasma.

Bran caminhou até uma janela gradeada e olhou para as ruas enluaradas lá fora.

"Esperarei até que a lua baixe", murmurou melancólico. "Então eu pegarei a estrada para o Inferno! Antes, porém, tenho uma dívida a pagar."

Ele ouviu a melodia furtiva e enfadonha dos estandartes que balançavam ao longe.

"Com o salvo-conduto e o ouro, nem mesmo Roma poderá

parar um salteador picto", murmurou o rei. "Agora eu vou dormir até que a lua se ponha."

O rei bárbaro olhou para as colunas de mármore ricamente decoradas em alto revelo, símbolos de Roma, ele soltou um grunhido e se jogou sobre um divã acolchoado, do qual arrancou impaciente as almofadas e os lençóis de seda, pois eram coisas demasiado suáveis para seu corpo bruto e rígido. O ódio e o ardor negro de vingança fervilhava em seu íntimo, mas mesmo assim, foi imediatamente tragado pelo sono. A primeira lição que tinha aprendido em sua vida dura e amarga foi cair no sono rapidamente, sempre que surgisse a oportunidade, como um lobo que flerta com o sono durante a caça. Geralmente, seu sono é tão leve e sem sonhos como os de uma pantera, mas nesta noite foi o contrário.

Ele mergulhou nas cinzentas profundezas insondáveis do adormecimento e em uma esfera mística, atemporal, enevoada e sombria, ele encontrou a figura alta, magra, de barba grisalha do velho Gonar, o sacerdote da Lua, alto conselheiro do rei picto. Diante da aparição, Bran ficou horrorizado, pois o rosto de Gonar era pálido como a neve das geadas glaciais. O velho tremia como se estivesse acometido por uma doença mortal. Por certo que Bran poderia estar consternado, pois em todos os anos de sua vida, ele nunca tinha visto Gonar, o Sábio, demonstrar qualquer sinal de medo.

"O que está acontecendo, velho?" perguntou o rei. "Está tudo bem em Baal-dor?"

"Tudo está bem em Baal-dor onde meu corpo jaz adormecido", respondeu o velho Gonar. "Através do vazio eu vim para cá, para lutar contigo por a tua alma. Rei, tu estás louco? Que pensamentos são esses que leio em tua mente?"

"Gonar", respondeu Bran carrancudo, "hoje eu tive que me calar e assistir a morte de um dos meus homens na cruz de Roma. Qual era seu nome ou seu posto, eu não sei. Não me importa. Ele poderia ter sido um leal desconhecido guerreiro entre os meus ou poderia ter sido um fora da lei. Mas eu sei que ele era dos meus; os primeiros aromas que ele conheceu foram os aromas da urze; a primeira luz que ele viu foi o nascer do sol nas colinas pictas. Ele pertencia a mim, não a Roma. Se a punição fosse necessária, então eu e não outro, deveria tê-la aplicado. Se ele tinha que ser julgado, então nenhum outro além de mim deveria ter sido seu juiz. O mesmo sangue fluía em nossas veias; o mesmo fogo enfurecido ardia em nossos cérebros; na infância escutamos os mesmos velhos contos, e na juventude cantamos as mesmas velhas canções. Ele era vinculado ao meu próprio coração, como cada homem, cada mulher e cada criança das Terras Pictas também são. Era meu dever protegê-lo; agora, vingá-lo é minha obrigação."

"Mas, em nome dos deuses, Bran", protestou o mago, "Cobra tua vingança de uma outra maneira. Retorna para os campos de urze. Reúna teus guerreiros. Junta-te a Cormac e seus celtas, e espalhe um mar de sangue e fogo por toda a extensão da Grande Muralha!"

"Tudo isso eu farei", respondeu Bran sisudo. "Mas agora, neste momento, eu vou saborear uma vingança, tal como nenhum romano poderia sequer imaginar. Ha, o que eles sabem dos mistérios desta ilha antiga, que já abrigava vida desconhecida muito antes de Roma emergir dos pântanos do Tibre!?"

"Bran, existem armas demasiado fúteis para se usar, mesmo contra Roma!"

O grito de Bran soou curto e afiado como o ganido de um chacal.

"Ha! Não há armas que eu não usaria contra Roma! Minhas costas estão contra a parede. Pelo sangue dos demônios, Roma foi justa comigo? Bah! Eu sou um rei bárbaro com um manto de pele de lobo e uma coroa de ferro, lutando com o meu punhado de arcos e lanças quebradas contra a rainha do mundo. O que tenho eu? As colinas de urze, as cabanas de acácia, as lanças esvoaçantes dos homens da minha tribo! E eu enfrento Roma, com suas legiões blindadas, suas amplas planícies férteis e mares ricos, suas montanhas, seus rios e suas cidades reluzentes, sua riqueza, seu aço, seu ouro, seu domínio e sua ira. Com aço e com fogo eu lutarei contra ela! Com sutileza e traição! Com o espinho no pé, com a víbora que se arrasta pelo caminho, com o veneno na taça de vinho, com o punhal oculto na escuridão. Sim!", a voz do rei se tornou ainda mais sombria, "e com os *vermes da terra!*"

"Mas isso é uma loucura!" gritou Gonar. "Tu morrerás na tentativa de realizar o que planejas! Tu terás que descer ao inferno e não poderás retornar! O que será do teu povo, então!?"

"Se eu não puder servir a meu povo, é melhor morrer", rosnou o rei.

"Mas tu não podes nem mesmo alcançar os seres que procuras", gritou Gonar. "Por séculos incontáveis eles têm habitado à distância. Não há porta pela qual tu possas chegar a eles. Há muito tempo que cortaram os vínculos que os ligavam ao mundo que conhecemos."

"Há muito tempo", respondeu Bran sombriamente, "tu me disseste que nada no universo era separado do curso da vida... uma verdade que tenho frequentemente visto provar-se evidente. Nenhuma raça, nenhuma forma de vida, exceto por uma razão muito forte, por algum modo, isola-se totalmente do resto da vida e do mundo. Em algum lugar há uma estreita ligação conectando aqueles que procuro ao mundo que eu conheço. Em algum lugar há uma Porta. E em algum lugar entre os pântanos desolados do oeste vou encontrá-la."

O horror inundou os olhos de Gonar e ele deu para trás exclamando: "Ai! Ai Ai! Ai! Para o Reino Picto! Pesar ao reino por nascer! Ai! Ai! Negro pesar para os filhos dos homens! Ai, ai, ai, ai!"

Bran acordou em uma sala tomada pelo negrume das sombras, salvo pela luz das estrelas que entrava pelas grades da janela. A lua tinha afundado, afastando-se de vista, embora seu brilho fraco acima pairasse sobre os telhados das casas. A memória de seu sonho sacudiu-o e ele jurou sob sua respiração.

Levantando-se, ele jogou fora capa e manto, vestindo uma camisa leve de malha de aço preta, cingindo sobre espada e punhal. Indo novamente até a arca de ferro, ele levantou várias sacolas compactas e esvaziou o conteúdo que tilintava para dentro da algibeira de couro em seu cinto. Em seguida, envolvendo um grande manto sobre si, ele silenciosamente deixou a casa. Não havia servos para espioná-lo – ele tinha impacientemente recusado a oferta de escravos, pois era a política de Roma fornecê-los a seus emissários bárbaros. O enrugado Grom tinha atendido a todas as simples necessidades de Bran.

Os estábulos ficavam de frente para o pátio. Por um momento tateando na escuridão, ele pousou sua mão sobre o nariz de um grande garanhão, reconhecendo-o pela chanfradura. Trabalhando sem uma luz, ele rapidamente colocou as rédeas e selou o grande bruto, e atravessou o pátio por uma rua lateral sombria, conduzindo o animal. A lua estava se pondo, as bordas das sombras flutuantes alargavam-se ao longo da parede ocidental. Silêncio se deitava sobre os palácios de mármore e casebres de barro de Eboracum sob as estrelas frias.

Bran tocou a algibeira em seu cinto, que estava pesada com ouro cunhado que ostentava o sinete de Roma. Ele tinha vindo para Eboracum se fazendo passar por um emissário da Nação Picta, para atuar como espião. Mas sendo um bárbaro, ele não tinha sido capaz de desempenhar seu papel com indiferente formalidade e dignidade serena. Ele reteve uma memória cheia de festas selvagens onde o vinho fluía em fontes; de mulheres romanas de seios alvos, que, saciadas com os amantes civilizados, olhavam com algo mais do que favor para um bárbaro viril; de jogos de gladiadores; e de outros jogos onde dados estalava e giravam e altas pilhas de ouro trocavam de mãos. Ele tinha bebido demasiadamente e apostado de forma imprudente, segundo a maneira dos bárbaros, e teve uma ajuda notável da sorte, provavelmente devido à indiferença com que ele ganhava ou perdia. Ouro para o Picto era o mesmo que poeira, fluindo através de seus dedos. Em sua terra não havia necessidade daquilo. Mas ele tinha aprendido sobre seu poder nas fronteiras da civilização.

Quase sob a sombra da parede do noroeste viu à sua frente agigantar-se a grande torre de vigia que se elevava conectada por cima do muro exterior. Um canto da fortaleza com aspecto de castelo, mais distante da parede, servia como um calabouço. Bran deixou seu cavalo em um beco escuro, com as rédeas pendendo para o chão, e esgueirou-se como um lobo rondando nas sombras da fortaleza.

O jovem oficial Valerius foi despertado de um sono leve e inquieto por um som furtivo na janela gradeada. Sentou-se, xingando baixinho à medida que a luz pálida das estrelas atravessava as barras das janelas, caindo sobre o chão de pedra nua, e lembrou-se de sua desgraça. Bem, em poucos dias, ele ruminou, já estaria livre daquilo; Sulla não seria muito duro com um homem com elevadas conexões; da mesma forma, não iria deixar qualquer homem ou mulher zombar dele! Maldito seja aquele picto insolente! Mas espere, ele pensou, de repente, lembrando-se: e quanto ao som que o tinha despertado?

"Hsssst!" Aquele foi o som que veio da janela.

Por que tanto mistério? Dificilmente poderia ser um inimigo – contudo, por que seria um amigo? Valerius se levantou e cruzou sua cela, aproximando-se da janela. La fora tudo estava turvo sob a luz das estrelas e ele não conseguiu enxergar nada além de uma forma sombria perto da janela.

"Quem és tu?" ele inclinou-se contra as grades, forçando os olhos na escuridão.

Sua resposta foi um grunhido de risada lupina, um longo lampejo de aço à luz das estrelas. Valerius cambaleou para longe da janela e caiu no chão, apertando sua garganta, gorgolejando horrivelmente enquanto tentava gritar. O sangue jorrou por entre os dedos, formando uma piscina ao redor de seu corpo contraído, refletindo a opaca luz das estrelas estupidamente avermelhada.

Lá fora Bran deslizou como uma sombra, sem parar para olhar para dentro da cela. Em alguns minutos, os guardas contornariam a esquina na sua rotina regular. Ele conseguia ouvir o ruído de passos ritmados e pesados de pés calçados em ferro. Mas antes que os soldados estivessem à vista, Bran já tinha desaparecido. Os soldados passaram estólidos pela janela que dava para a cela sem suspeitar do cadáver que jazia no chão ali dentro.

Bran cavalgou para o pequeno portão no muro ocidental, onde esperava não ser contestado pelo vigia sonolento. O que temer de uma invasão estrangeira em Eboracum? ...Parece que certos ladrões bem organizados e contrabandistas de mulheres tornaram mais rentáveis aos vigias o fato de não seres muito vigilantes. Mas o único guarda que permanecia no portão ocidental, enquanto seus companheiros caíam bêbados em um bordel nas proximidades, ergueu a lança e berrou para Bran, para que parasse e desse conta de si. Em silêncio o picto freou a montaria. Oculto pelo manto escuro, ele parecia obscuro e indistinto ao romano, que só conseguia ver o brilho de seus olhos frios na penumbra. Mas Bran levantou a mão contra a luz das estrelas e o soldado notou o brilho de ouro; na outra mão ele viu um longo brilho de aço. O soldado entendeu, e não hesitou entre escolher um suborno pelo ouro ou uma batalha até a morte com aquele cavaleiro desconhecido que aparentemente era um bárbaro de algum tipo. Com um grunhido, ele baixou a lança e empurrou o portão para abri-lo. Bran cavalgou através do portão, lançando um punhado de moedas para o romano. Elas caíram sobre seus pés em uma chuva dourada, tilintando contra as lajes do chão. O soldado se curvou às pressas ganancioso para apanhá-las e Bran Mak Morn cavalgou para o oeste como um fantasma voando no meio da noite.

CAPÍTULO TRÊS

Para os pântanos sombrios do oeste foi Bran Mak Morn. Um vento frio soprou por toda aquela lúgubre desolação, subindo contra o céu cinzento, fazendo com que algumas garças batessem pesadamente suas asas. Os longos juncos e a grama do pântano oscilavam em ondulações quebradiças a perder-se de vista através daquela terra desolada, enquanto alguns lagos de águas calmas refletiam a luz maçante. Aqui e ali, erguiam-se outeiros curiosamente regulares acima dos níveis gerais, e descarnados contra o céu sombrio, Bran viu uma linha de marcha de monólitos verticais - menires, criados por quais mãos sem nome?

Como uma linha azul fraca no oeste, deitavam-se aos sopés das colinas que, além do horizonte, cresceram para se tornarem as montanhas selvagens do País de Gales, onde habitavam ainda tribos de ferozes e selvagens celtas - homens de olhos azuis que não conheciam o jugo de Roma. Uma fileira de torres de vigia bem guarnecidas os mantinha em segurança. Mesmo agora, muito longe através das charnecas, Bran vislumbrava a inexpugnável fortaleza que os homens chamam Torre de Trajano.

Estas terras estéreis pareciam a realização melancólica da desolação, mas a vida humana não estava completamente desprovida. Bran encontrou os silenciosos homens do brejo, reticentes, de olhos e cabelos escuros, falando uma estranha língua mista, cujos elementos, há muito misturados, tinham esquecido suas separadas fontes primitivas. Bran reconhecia um certo parentesco dessas pessoas para consigo mesmo, mas ele olhava para elas com o desprezo de um patrício puro-sangue aos homens de linhagens mistas.

Não que as pessoas comuns da Caledônia fossem completamente puro-sangue; elas têm seus corpos entroncados e os membros maciços de uma raça primitiva Teutônica, que tinha encontrado o seu caminho em migração para a ponta norte da ilha, muito antes que a conquista dos Celtas sobre a Bretanha fosse concluída, e eles tinham sido absorvidos pelos pictos. Mas os chefes dos povos de Bran tinham mantido seu sangue longe da mácula estrangeira desde o início dos tempos, e ele mesmo era um picto de raça pura da *Antiga Raça*. Mas esses homens do brejo, invadidos repetidamente por britânicos, gaélicos e conquistadores romanos, tinham assimilado o sangue de cada um, e no processo, quase esquecido sua língua e linhagem original.

Pois Bran vinha de uma raça que era muito antiga, a qual tinha se espalhado pela Europa ocidental em um vasto Império Sombrio, antes da chegada dos arianos, quando os ancestrais dos celtas, os helenos e os germanos eram um povo primitivo, antes dos dias das divisões tribais e da migração para o oeste.

Apenas em Caledônia, Bran meditou, seu povo resistiu à enchente da conquista ariana. Ele tinha ouvido falar de um povo picto chamado Basco, que nos rochedos dos Pirineus chamava a si mesmo de uma raça inconquistável; mas ele sabia que tinham pago tributos durante séculos para os ancestrais dos gaélicos, antes que esses conquistadores celtas abandonassem sua montanha-reino e navegassem para a Irlanda. Apenas os pictos da Caledônia tinham permanecido livres, e tinham se espalhado em pequenas tribos rivais – e ele, Bran, era o primeiro rei reconhecido em quinhentos anos – o início de uma nova dinastia – não, um renascimento de uma antiga dinastia sob um novo nome. Diante dos dentes da própria Roma, ele fantasiava seus sonhos de império.

Ele vagou através dos pântanos, em busca de uma Porta. De sua busca ele não disse nada aos homens do brejo de olhos escuros. Eles lhe deram as notícias que viajaram de boca em boca – um conto de guerra no norte, o grito agudo das gaitas de guerra ao longo da Muralha curvilínea, as assembleias ao redor de fogueiras na urze, as chamas, a fumaça e a rapinagem saciando as espadas gaélicas no mar carmesim da carnificina. As águias das legiões estavam se movendo rumo ao norte e a estrada antiga ressoou sob o ruído marcado de passos pesados de pés vestidos em ferro. E Bran, lá nos pântanos do oeste, gargalhou, cheio de satisfação.

Em Eboracum, Titus Sulla emitiu a ordem secreta para procurar o emissário picto, com nome gaélico, que estava sob suspeita e tinha desaparecido na noite em que o jovem Valerius foi encontrado morto em sua cela com a garganta dilacerada. Sulla sentiu que essa chama de guerra, que começava a estourar de repente na Muralha, estava ligada intimamente com sua execução de um criminoso picto condenado, e assim, pôs seu sistema de espionagem em ação, embora tivesse certeza de que Partha Mac Othna já estava há muito além de seu alcance. Sulla se preparou para marchar de Eboracum, mas ele não acompanhou a força considerável de legionários que enviou para o norte. Sulla era um homem corajoso, mas cada homem tem seu próprio medo, e o de Sulla era Cormac na Connacht, o príncipe de cabelos negros dos gaélicos, que tinha jurado arrancar o coração do governador e comê-lo cru. Então Sulla cavalgou, com seus sempre presentes guarda-costas, para o oeste, onde assentava-se a Torre de Trajano, com seu comandante guerreiro, Caius Camillus, que, acima de tudo, gostava principalmente de tomar o lugar de seus superiores quando as ondas vermelhas da guerra lavavam ao pé da Muralha. Política tortuosa, mas o *Legado*[4] de Roma raramente visitava esta

4 - ***Legado***: em latim *Legatus* era um general no exército romano, equivalente a um oficial geral moderno. Sendo de classe senatorial, seu superior imediato era o *Proconsul* (governador provincial), e tendo superado todos os tribunos militares. A fim de comandar um exército independentemente do Procônsul, era necessário que os Legados fossem de classe Pretoriana ou superior. Um legado poderia ser investido com *propraetoriano imperium* (*legatus pro praetore*) em seu próprio direito. Os Legados recebiam grande parte do espólio do exército no final de uma

ilha distante, e por meio de sua riqueza e intrigas, Titus Sulla era o maior poder na Bretanha.

E Bran, sabendo de tudo isso, esperou pacientemente sua chegada, na cabana abandonada em que ele havia tomado para sua morada.

Em uma noite cinzenta ele caminhou a pé através da charneca, uma figura forte, sinistramente gravada contra o sombrio fogo carmesim do pôr do sol. Ele sentiu a incrível antiguidade da terra adormecida, enquanto caminhava como o último homem no dia após o fim do mundo. No entanto, finalmente, ele viu um sinal da vida humana – uma monótona cabana de vime e lama, situada no peito esganiçado do charco.

Uma mulher o cumprimentou pela porta aberta e os olhos melancólicos de Bran se estreitaram com suspeita sombria. A mulher não era velha, mas a sabedoria de eras estava presente em seus olhos; suas roupas estavam esfarrapadas e escassas, seus cabelos negros emaranhados e despenteados, emprestando-lhe um aspecto de selvageria bem em harmonia com seus sombrios arredores. Seus lábios vermelhos escarneceram, mas não havia nenhuma alegria em seu riso, apenas uma insinuação de zombaria e, por abaixo dos lábios, seus dentes se revelaram afiados e pontiagudos como presas.

"Entre, mestre," ela disse, "se não tens medo de compartilhar o teto da bruxa-mulher do Pântano de Dagon!"

Bran entrou em silêncio e sentou-se em um banco quebrado, enquanto a mulher se ocupou com o cozimento de refeição escassa em uma fogueira na esquálida lareira. Ele estudou seus movimentos ágeis, quase serpentinos, as orelhas que

---

campanha bem sucedida, o que tornava a posição lucrativa, por isso muitas vezes poderia atrair cônsules distintos. *Legatus* era também um termo dado a um embaixador da república romana que fosse apontado pelo senado para uma missão (*legatio*) em uma nação estrangeira, assim como para os embaixadores que vinham à Roma de outros países. Este é o sentido da palavra que sobrevive na frase *Legado Papal.*

eram quase pontiagudas, os olhos amarelos que se esguelhavam curiosamente.

"O que buscas nos pântanos, meu senhor?" ela perguntou, virando-se para ele com uma torção flexível de todo o seu corpo.

"Eu procuro uma Porta", respondeu ele, o queixo repousando sobre o punho. "Eu tenho uma canção para cantar aos vermes da terra!"

Ela ficou de pé subitamente, uma jarra caiu de suas mãos para se despedaçar na lareira.

"Esta é uma palavra maléfica, mesmo dita por acaso", ela gaguejou.

"Eu não falo por acaso, mas pela intenção", ele respondeu.

Ela balançou a cabeça. "Eu não sei o que queres dizer."

"Bem, tu sabes," ele retornou. "Sim, tu sabes bem! Minha raça é muito antiga – ela reinou na Bretanha antes que as nações dos celtas e dos helenos fossem paridas do útero dos povos. Mas o meu povo não foi o primeiro na Bretanha. Pelos mosqueados em sua pele, pelo oblíquo de seus olhos, pela mácula em suas veias, eu falo com pleno conhecimento e significado."

Por um tempo, ela ficou em silêncio, seus lábios sorridentes, mas seu rosto inescrutável.

"Homem, tu estás louco", ela perguntou, "e em tua loucura vens buscando aquilo do qual vigorosos homens fugiram aos gritos nos tempos antigos?"

"Eu procuro uma vingança", ele respondeu, "que pode ser realizada apenas por *Aqueles* que eu procuro."

Ela balançou a cabeça.

"Tu ouviste o canto de um pássaro; tu sonhaste sonhos vazios."

"Eu ouvi um silvo de uma víbora", ele rosnou, "E eu não sonho! Chega dessa tecelagem de palavras. Eu vim buscar um laço entre dois mundos, e eu o encontrei."

"Eu não preciso mais mentir para ti, homem do norte", respondeu a mulher. "*Aqueles* que tu procuras ainda habitam sob as colinas adormecidas. Eles têm se distanciado cada vez mais para longe do mundo que tu conheces."

"Mas eles ainda saem sorrateiramente na calada da noite, para capturar mulheres que se perdem nos charcos", disse ele, com o olhar fixo nos olhos oblíquos da mulher. Ela riu perversamente.

"O que queres de mim?"

"Que me leves até *Eles*."

Ela jogou a cabeça para trás com uma risada desdenhosa. Ele fechou a mão esquerda como ferro sobre o vestido esfarrapado da mulher e sua mão direita crispou sobre o cabo do punhal. Ela riu na cara dele.

"Golpeie e seja condenado, meu lobo do norte! Tu achas que uma vida como a minha é tão doce que eu me agarraria a ela como um bebê ao peito?"

A mão dele caiu se afastando.

"Tu estás certa. Ameaças são tolices. Eu vou comprar teu auxílio."

"Como?" A voz risonha cantarolava com zombaria.

Bran abriu sua algibeira e despejou na palma da mão em forma de concha uma torrente de ouro.

"Mais riqueza do que os homens do brejo já sonharam."

Mais uma vez ela gargalhou. "O que é este metal enferrujado para mim? Guarda-o para alguma mulher romana de seios brancos que será para ti a traidora!"

"Nomeie-me um preço!" ele pediu. "A cabeça de um inimigo..."

"Pelo sangue em minhas veias, com sua herança de antigo ódio. Quem é meu inimigo, senão tu?" Ela gargalhou e saltou, golpeando rápido como uma felina. Mas sua adaga se estilhaçou na cota de malha sob o manto de Bran. Com uma sacudida de pulso, ele a empurrou para longe como se fosse algo repugnante, ela caiu estatelada sobre sua cama coberta de grama. Deitada lá, ela riu dele.

"Vou nomear um preço, então, meu lobo, e poderá vir os

dias em que amaldiçoará a armadura que quebrou a adaga de Atla!" Ela se levantou e se aproximou dele, suas longas mãos inquietas se fecharam ferozmente no manto de Bran. "Vou dizer-lhe, Sombrio Bran, rei da Caledônia! Oh, eu o reconheci no momento em que entraste na minha cabana com teu cabelo preto e teus olhos frios! Eu vou levá-lo para as portas do inferno se assim desejar... e o preço será os beijos de um rei!"

"O que tenho em minha vida maldita e amarga, eu, a quem os homens mortais detestam e temem? Eu não conheci o amor dos homens, o aperto de um braço forte, a ferroada de beijos humanos, eu, Atla, a mulher-loba do pântano! O que eu já conheci, senão os ventos solitários dos pântanos, o fogo lúgubre do frio pôr do sol, o sussurro da grama do pântano? ...Os rostos que piscam para mim nas águas dos lagos, o suave cair da noite... Fantasmas na escuridão, o vislumbre de olhos vermelhos, o murmúrio terrível dos seres inomináveis no meio da noite!"

"Eu sou meio-humana, pelo menos! Já não tenho eu conhecido tristeza, ânsia, o choro melancólico e a pesarosa dor da solidão? Dê para mim, rei... Dê-me seus beijos ferozes e seus esmagadores abraços bárbaros. Para que, nos longos e solitários anos que virão, eu não venha consumir completamente meu coração em vã inveja das mulheres de seios brancos desejadas pelos homens; pois terei algumas memórias das quais eu possa me gabar... Os beijos de um rei! Uma noite de amor, oh rei, e eu vou guiá-lo até os portões do inferno!"

Bran olhou sombriamente para a mulher; ele foi até ela e agarrou-lhe o braço com os dedos de ferro. Um tremor involuntário o sacudiu com a sensação do contato com a pele lisa. Ele assentiu com a cabeça lentamente e, puxando-a para perto de si, forçou sua cabeça para baixo para encontrar os lábios entreabertos da mulher.

CAPÍTULO QUATRO

As frias brumas cinzentas do amanhecer envolveram o rei Bran como um manto viscoso. Ele se virou para a mulher cujos olhos oblíquos brilhavam na penumbra tristonha.

"Faça valer a sua parte do contrato", disse ele asperamente. "Eu busquei um laço entre os mundos e em ti eu o encontrei. Busco a única coisa sagrada para Eles. Deve ser a Chave que abre a Porta que existe invisível entre mim e Eles. Diga-me como posso encontrá-la."

"Eu direi", os lábios vermelhos sorriram terrivelmente. "Vá para o outeiro que os homens chamam de *Sepulcro de Dagon*. Remova a pedra que bloqueia a entrada e entre por sob a cúpula do monte. O chão da câmara é feito de sete grandes pedras, seis agrupadas ao redor da sétima. Levante a pedra do centro... e tu verás!"

"Encontrarei lá a *Pedra Negra*?" Ele perguntou.

"O Sepulcro de Dagon é a Porta para a Pedra Negra", ela respondeu, "se tu ousares seguir o Caminho."

"Estará o talismã bem guardado?" Inconscientemente ele afrouxou a lâmina na bainha. Os lábios vermelhos ondularam ironicamente.

"Se tu encontrares algo no Caminho, morrerás, como nenhum outro homem mortal já morreu em longos séculos. A Pedra não é vigiada, como os homens guardam seus tesouros. Por que Eles deveriam guardar o que o homem nunca procurou? Talvez, Eles possam estar por perto, talvez não. É um risco que terás que correr, se tu desejas a Pedra. Cuidado, rei dos pictos! Lembra-te que foi o teu povo que, há muito tempo, cortou o laço que Os ligava à vida humana. Eles eram quase humanos - eles inundavam a terra e conheciam a luz do sol. Mas agora, que se afastaram de tudo, Eles não conhecem mais a luz solar e mesmo fogem da luz da lua. Eles odeiam até mesmo a luz das estrelas. Para muito, muito longe, eles se retiraram, pois poderiam ter se tornado homens com o passar do tempo, não fosse pelas lanças dos teus ancestrais."

O céu estava nublado com uma névoa acinzentada, através do qual o sol brilhava friamente amarelado, quando Bran chegou ao Sepulcro de Dagon, uma colina arredondada coberta por um tipo de grama com uma curiosa aparência fungóide. No lado oriental do monte, havia a entrada de um túnel de pedra, toscamente construído que, evidentemente, penetrava sepulcro adentro. Uma grande pedra bloqueava a entrada da tumba. Bran deitou suas mãos sobre as arestas cortantes e exerceu toda a sua força. Ele segurou firme. Desembainhou a espada e forçou a lâmina entre a pedra e o peitoril. Usando a espada como alavanca, manejou com cuidado, conseguiu soltar a grande pedra e então arrancá-la. Um odor imundo de ossos podres espirrou para fora da fenda e a difusa luz do sol parecia enfraquecer e iluminar cada vez menos a abertura cavernosa, parecia que estava sendo derrotada pela escuridão viçosa que se agarrava lá dentro.

Espada na mão, pronto para o que, ele não sabia, Bran tateou seu caminho para dentro do túnel, que era longo e estreito, construído com pesadas pedras adjuntas, e era muito baixo para que ele pudesse ficar ereto. Assim, se foram seus olhos que se acostumaram aos poucos com a escuridão, ou se foi a escuridão que, por fim, foi absorvida pela luz do sol que penetrava pela entrada do túnel, ele não saberia dizer. De qualquer forma, ele entrou pela câmara de domo baixo e foi capaz de ter uma visão geral de todo o contorno da cúpula. Ali, sem dúvida, em tempos antigos, havia repousado os ossos daqueles para os quais as pedras do túmulo tinham sido juntas, bem como a terra empilhada acima deles; mas agora não havia nenhum vestígio de ossos sobre o chão de pedra. Aguçando e forçando os olhos, Bran notou o padrão estranho e assustadoramente regular daquele chão: seis lajes muito bem cortadas agrupadas ao redor de uma sétima. Sim, a pedra de seis lados.

Ele enfiou a ponta de sua espada em uma rachadura e forçou para cima com cuidado. A borda da pedra central empinou ligeiramente para cima. Com um pouco de esforço, Bran ergueu a pedra para colocá-la inclinada contra à parede curvilínea da tumba. Forçando os olhos para baixo, ele viu apenas o breu impenetrável de um poço tenebroso, com pequenos degraus corroídos que levavam mais para o fundo engolido pelas trevas. Ele não hesitou. Embora a pele de seus ombros tenha se arrepiado curiosamente, ele deslizou para dentro do abismo e sentiu a escuridão pegajosa o engolir.

Tateando em sua descida, ele sentia seus pés escorregarem e tropeçarem em degraus pequenos demais para os pés humanos. Com uma mão pressionando firme contra um dos lados do poço em que se firmava, ele tentava evitar uma queda nas profundezas infinitas do desconhecido. Os degraus eram cortados na rocha sólida, mesmo assim já estavam demasiadamente desgastados e corroídos. Quanto mais longe ele progredia, mais seus passos foram deixando de ser meros solavancos sobre a pedra carcomida. Então, a direção do eixo de degraus mudou bruscamente. Ainda levava para baixo, mas em uma inclinação rasa, descendente, que dificultava ainda mais a descida; os cotovelos apoiados contra os lados ocos do poço, cabeça inclinada sob o teto curvo. Os degraus cessaram completamente e ele sentiu a pedra viscosa ao toque, como um covil de uma serpente. Bran se perguntou quais seres tinham se arrastado para cima e para baixo naquele caminho enviesado e por quantos séculos?

O túnel foi se estreitando até Bran perceber que seria muito difícil seguir adiante da forma como estava. Ele deitou sobre as costas e empurrou-se com as mãos, tendo seus pés sempre à frente. Ainda assim, sabia que estava afundando cada vez mais profundamente nas próprias entranhas da terra; quão abaixo estava da superfície, ele não se atrevia a contemplar. Então, à frente, um brilho fraco de fogo bruxuleante tingiu a escuridão abismal. Ele sorriu ferozmente, mas era uma alegria vazia. Pois, e se *Aqueles* que ele buscava saltassem subitamente para cima dele, como poderia lutar naquele túnel estreito? Porém, teve que deixar suas cogitações de medo pessoal para atrás, no momento em que decidiu iniciar àquela missão infernal. Ele continuou se arrastando, sem pensar em mais nada, exceto em seu objetivo.

Finalmente, chegou a um vasto espaço onde podia ficar de pé. Não conseguia enxergar o telhado do lugar, mas teve uma impressão de vertiginosa vastidão. A escuridão pressionava por todos os lados e, atrás dela, ele podia ver a entrada para o túnel estreito do qual tinha acabado de sair – um poço negro na escuridão. Mas, à sua frente, um estranho brilho ardia terrivelmente irradiando sobre um macabro altar construído com crânios humanos. A fonte daquela luz, ele não poderia determinar, mas sobre o altar repousava indiferente um objeto negro como a noite – a Pedra Negra!

Bran não perdeu tempo em dar graças ao fato de os guardiões daquela relíquia sinistra não estarem por perto. Ele pegou a Pedra e, prendendo-a debaixo do seu braço esquerdo, se arrastou de volta para o túnel estreito. Quando um homem vira as costas ao perigo, sua ameaça pegajosa se agita ainda mais terrível do que quando ele avança para cima dela. Assim, Bran, rastejando de volta ao túnel tomado pelas trevas, com seu prêmio sinistro, sentiu a escuridão se transformar furtivamente acima e atrás de si, arreganhando-se com presas que pingavam pontiagudas. O suor frio cobriu sua carne e ele apressou-se com o máximo de sua capacidade, ouvidos alertas para qualquer som furtivo que traísse as formas que estavam em seu encalço. Tremores fortes o sacudiam, apesar de si mesmo, e o cabelo curto de sua nuca arrepiou como se um vento frio soprasse em suas costas.

Quando ele chegou ao primeiro dos pequenos degraus,

sentiu como se tivesse atingido os limites exteriores do mundo mortal. Para cima deles ele foi, tropeçando e escorregando, e com um profundo suspiro de alívio, finalmente saiu do túnel para estar de novo na tumba, cujo acinzentado espectral parecia a chama do meio-dia, em comparação com as profundezas Stygias que ele tinha acabado de percorrer. Ele colocou a pedra central de volta em seu lugar e caminhou para a luz do dia lá fora. Nunca tinha sido tão grato pela fria luminosidade amarelada do sol, à medida que se dissipavam as sombras dos pesadelos de negras asas, do medo e da loucura, que pareciam ter saído das profundezas sombrias, montadas em suas costas. Ele empurrou a grande pedra de volta ao seu lugar para bloquear a entrada da tumba, pegou a capa que havia deixado na boca do túmulo, enrolou-a sobre a Pedra Negra e saiu correndo, um asco forte e repugnância chacoalhava sua alma, emprestando asas aos seus passos.

Um silêncio pálido pairava sobre a terra. Era desolada como o lado escuro da lua, ainda assim Bran sentia as potencialidades da vida – sob seus pés, na adormecida terra parda – mas já prestes a acordar e em qual forma horrível seria?

Ele caminhou entre os altos juncos que encobriam um reduto de profunda calmaria que os homens chamavam o Lago de Dagon. Não houve a menor ondulação que agitasse a água fria azulada sugerindo qualquer evidência sobre a lenda do terrível monstro que diziam habitar lá embaixo. Bran cautelosamente esquadrinhou a vastidão da paisagem. Ele não viu nenhum indício de vida, humana ou inumana. Então, procurou os instintos de sua alma selvagem para saber se algum olho invisível fixava sobre ele um olhar letal, não encontrou nada. Ele estava sozinho, como se fosse o último homem vivo na Terra.

Rapidamente ele desembrulhou a Pedra Negra, e embora ela repousasse em suas mãos como um bloco sólido taciturno de trevas, ele não procurou conhecer o segredo de seu material, nem explorar os enigmáticos sinais esculpidos ao redor de sua superfície. Sentindo o peso da Pedra em suas mãos e calculando a distância, atirou o objeto sinistro para longe, de tal forma que ela caiu quase exatamente no meio do lago. Com um respingo solitário, as águas fecharam-se sobre ela. Houve um momento de lampejos brilhantes no seio do lago; em seguida, a superfície azulada espalhou-se plácida e calma novamente.

CAPÍTULO CINCO

A mulher-lobo virou-se à medida que Bran se aproximou de sua porta. Seus olhos oblíquos se arregalaram.

"Tu! Vivo! E são!"

"Eu estive no inferno e retornei", ele rosnou. "E mais, eu encontrei aquilo que buscava."

"A Pedra Negra?" Ela berrou. "Tu realmente ousaste roubá-la? Onde ela está?"

"Não importa, mas ontem à noite meu garanhão gritou em sua baia e eu ouvi alguns ruídos sob seus cascos trovejantes que não eram a parede do estábulo – e havia sangue em seus cascos quando eu consegui ver, e sangue no chão da cocheira. Eu ouvi sons furtivos na noite, ruídos vindos debaixo do chão sujo, como se vermes se arrastassem no fundo da terra. Eles sabem que eu roubei a Pedra. Tu me traíste?"

Ela balançou a cabeça.

"Eu guardei o teu segredo; eles não precisam de minha palavra para saber quem tu és. Quanto mais eles se afastaram do mundo dos homens, maiores seus poderes se tornaram por meio de outras maneiras misteriosas. Em uma madrugada tua cabana vai amanhecer vazia e se os homens ousarem investigar... eles nada encontrarão – exceto os bocados de terra espalhados pelo chão."

Bran sorriu terrivelmente.

"Eu não planejei e labutei até agora apenas para cair vítima das garras de vermes. Se Eles me atacarem durante à noite, Eles nunca saberão o que aconteceu com seu ídolo – ou o que quer que aquilo signifique para Eles. Eu quero falar com Eles."

"Tu ousas ir comigo e encontrá-los no meio da noite?" Ela perguntou.

"Trovão de todos os deuses!" Ele rosnou. "Quem é você para me perguntar se ouso. Conduza-me a Eles e deixe-me barganhar por uma vingança esta noite. A hora da retribuição se aproxima. Neste dia eu vi elmos prateados e escudos brilhantes reluzirem através dos pântanos... O novo comandante chegou à Torre de Trajano e Caius Camillus marchou para a Muralha."

Naquela noite, o rei atravessou a desolação escura dos brejos com a silenciosa mulher-lobo. A noite estava densa e calma como se a terra estivesse embebida em um sono antigo. As estrelas piscavam vagarosamente, meros pontos de vermelho lutando através da escuridão descomunal. Seu brilho era mais fraco que o tremeluzir nos olhos da mulher que deslizava ao lado do rei. Pensamentos estranhos vibravam na mente de Bran, vago, titânico, primitivo. Hoje à noite, ligações ancestrais com esses pântanos adormecidos, se rebuliam em sua alma e o afligiam com as fantasmagóricas formas de sonhos monstruosos por eras velados. O peso da grande idade de sua raça foi colocado sobre seus ombros; onde agora ele caminhava como um proscrito e um estrangeiro, reis de olhos escuros, em cujo molde ele foi matizado, já reinavam nos velhos tempos. Os invasores celtas e romanos eram tão estranhos à esta antiga ilha quanto seu próprio povo. No entanto, sua raça também era invasora e havia uma raça mais antiga do que a sua – uma raça cujos primórdios estavam perdidos e escondidos no além do tenebroso olvido da antiguidade.

À frente deles surgiu uma baixa cadeia de montanhas, que formava a extremidade mais oriental dessas cadeias desgarradas que mais ao longe subiam, por fim, para findarem nas montanhas do País de Gales. A mulher o levou por um caminho que deveria ter sido uma trilha de ovelhas, ela parou diante de uma grande caverna negra de boca escancarada.

"A porta para aqueles que tu procuras, oh rei!" O riso odioso soou na escuridão. "Ousas entrar?"

Os dedos do rei se fecharam nos cabelos emaranhados da mulher e ele a chacoalhou violentamente.

O riso da mulher era como o doce veneno mortal. Eles adentram a caverna e Bran golpeou a pederneira sobre o aço. A cintilação da chama mostrou-lhe uma caverna larga e poeirenta, e do telhado pendiam cachos de morcegos aglomerados. Acendendo uma tocha, ele a levantou e examinou os recessos sombrios, não vendo nada mais além de poeira e vazio.

"Onde Eles estão?" Ele rosnou.

Ela acenou, chamando-o mais para o fundo da caverna e encostou-se à parede áspera, casualmente. Mas os olhos afiados do rei capturaram o movimento da mão da mulher apertando firme uma borda saliente. Ele recuou quando um poço negro arredondado escancarou de repente sob seus pés. Mais uma vez a risada da mulher cortou profundo o rei como uma faca de prata. Ele segurou a tocha apontando para a abertura e novamente viu pequenos degraus gastos que conduziam para baixo.

"Eles não precisam desses degraus", disse Atla. "Uma vez eles precisaram, antes de teu povo os empurrarem para a escuridão. Mas tu vais precisar deles."

A mulher enfiou a tocha em um nicho acima do poço; a tocha derramou uma luz avermelhada para dentro da escuridão lá em baixo. Em seguida, ela gesticulou apontando para o poço e Bran desembainhou a espada e começou a descer pelo túnel. À medida que foi entrando nos mistérios da escuridão, a luz se apagou acima dele, e ele cogitou por um instante se Atla tinha tampado a abertura do poço novamente. Foi então que percebeu que a mulher estava descendo logo atrás dele.

A descida não foi longa. De repente Bran sentiu seus pés em um chão sólido. Atla desceu ao seu lado e pôs-se no obscuro círculo de luz que caía pelo túnel. Bran não conseguia ver os limites do lugar em que havia chegado.

"Muitas cavernas nestes montes", disse Atla, sua voz soando diminuta e estranhamente frágil na vastidão, "são apenas portas para cavernas maiores que se esparramam por baixo, tal como as palavras e ações de um homem, não são mais que pequenos indícios das cavernas escuras de pensamentos lúgubres que se encontram lá por trás e por baixo."

E então Bran percebeu o movimento na penumbra. A escuridão estava cheia de ruídos furtivos, mas nenhum era como aqueles feitos por qualquer pé humano. Abruptamente, faíscas começaram a piscar e flutuar na escuridão, piscando como vaga-lumes. Cada vez mais se aproximavam até que o cercaram em uma grande meia-lua. E além do anel, brilhavam outras faíscas, um mar sólido daquelas coisas, o brilho das faíscas iam emurchando na escuridão até que as mais distantes pareciam meros pontos de luz na escuridão. E Bran sabia que aqueles eram os olhos oblíquos dos seres que tinham vindo a seu encontro, em tal número que seu cérebro enovelava na contemplação – e naquela vastidão da caverna.

Agora que encarava seus antigos inimigos, Bran não conhecia o medo. Ele sentia as ondas da terrível ameaça que emanava das criaturas, o ódio terrível, a ameaça desumana para o corpo, mente e alma. Mais do que um membro de uma raça menos antiga, ele percebeu o horror de sua posição, mas não demonstrou temor, ainda que confrontasse o Horror irrevogável dos sonhos e lendas de sua raça. Seu sangue corria ferozmente, mas aquilo acontecia pela emoção quente do perigo, não pelo terror.

"Eles sabem que tu tens a Pedra, oh rei", disse Atla, e embora notasse que ela estava com medo, o rei sentiu os esforços físicos da mulher para controlar suas pernas que tremiam, mas não havia sinal de medo na voz dela. "Tu estás em perigo mortal! Eles conhecem a tua raça desde tempos antigos – oh, eles se lembram dos dias em que seus antepassados eram homens! Eu não posso salvá-lo. Nós dois vamos morrer como nenhum ser humano morreu por dez séculos. Fale com eles, se quiser; eles entendem a tua língua, mesmo que tu não possa entender a deles, mas isso não importa – tu és humano – e um picto."

Bran gargalhou e o anel de fogo mais próximo encolheu-se e recuou com a selvageria no escárnio do rei. Empunhando a espada com uma grossa lâmina de aço de gelar a alma, o rei apoiou suas costas contra o que ele esperava que fosse uma parede de pedra sólida. Enfrentando os olhos cintilantes com sua espada firme em sua mão direita e sua adaga na esquerda, ele gargalhou novamente como o rosnar de um lobo sedento de sangue.

"Sim," ele rugiu, "Eu sou um picto, um filho daqueles guerreiros que empurraram seus brutais antepassados diante de si, como a palha é varrida pela tempestade – os mesmos que inundaram a terra com seu sangue e empilharam bem alto seus crânios para um sacrifício à Mulher da Lua! Vós que fugistes de minha raça nos tempos antigos, ousais agora rosnar para o vosso mestre? Caiam agora sobre mim como uma inundação, se te tiverem coragem! Pois antes de suas presas de víbora beberem minha vida eu ceifarei suas multidões como a cevada amadurecida. Com suas cabeças decepadas construirei uma torre e com seus corpos mutilados erguerei uma parede! Cães da escuridão, vermes do Inferno, vermes da terra, apressai-vos! Vinde testar o meu aço! Quando a morte me encontrar nesta caverna escura, seus vivos uivarão diante da quantidade de seus mortos e sua Pedra Negra será perdida para sempre – pois só eu sei onde ela está escondida e nem todas as torturas de todos os Infernos podem espremer o segredo dos meus lábios!"

Então, seguiu-se um silêncio tenso; Bran encarou da escuridão à luz do fogo, retesado como um lobo na enseada, esperando o ataque; ao seu lado a mulher se encolheu, com os olhos em chamas. Em seguida, do anel silencioso que pairava além do luzir obscurecido da tocha, subiu um murmúrio vago e abominável. Bran, preparado como sempre estava para o que quer que fosse, pensou: deuses, seria aquilo a língua daquelas criaturas que uma vez tinham sido chamadas de homens?

Atla endireitou o corpo, ouvindo atentamente. Dos lábios da mulher saíram os mesmos sons sibilantes, hediondos e suaves, e Bran, embora já conhecesse o segredo terrível daquela mulher, sabia que nunca mais poderia tocá-la sem a sensação de ter sua alma tragada pela repugnância.

Ela se virou para ele, um estranho sorriso dobrando seus lábios vermelhos sombriamente na luz fantasmagórica.

"Eles temem a ti, oh rei! Pelos segredos negros de *R'lyeh*, quem és tu, a quem o próprio Inferno se curva? Não é o teu aço, mas a ferocidade austera de tua alma é que tem infligido um medo incomum nas mentes estranhas dessas criaturas. Eles comprarão de voltar a Pedra Negra, a qualquer preço."

"Bom," Bran embainhou suas armas. "Eles devem prometer que não irão molestá-la por ter prestado ajuda a mim. E..." sua voz zumbia como o ronronar de um tigre caçador, "que entregarão em minhas mãos, Titus Sulla, governador de Eboracum, agora comandando a Torre de Trajano. Isto Eles podem fazer – como, eu não sei. Mas sei que nos dias antigos, quando o meu povo guerreou com esses filhos da noite, bebês desapareceram de cabanas guardadas e ninguém viu os surrupiadores chegar ou partir. Eles entenderam?"

Mais uma vez os baixos e terríveis sons se levantaram e Bran, que não temia a ira daqueles seres, estremeceu novamente com as suas vozes.

"Eles entenderam", disse Atla. "Leve a Pedra Negra para o *Anel de Dagon* amanhã à noite, quando a terra estiver velada com a escuridão que antecede a aurora. Deite a Pedra sobre o altar. Para lá Eles levarão Titus Sulla, para entregá-lo a ti. Podes confiar neles; Eles já não têm interferido nos assuntos humanos por muitos séculos, mas Eles irão manter a palavra."

Bran assentiu com a cabeça e virando, subiu a escada com Atla logo atrás si. No topo, virou-se e olhou para baixo mais uma vez. Até onde sua visão conseguia alcançar, flutuava um oceano reluzente de amarelados olhos puxados voltados para cima. Mas os donos daqueles olhos mantinham-se cuidadosamente sempre além do círculo sombrio criado pelo luzir das tochas e assim o rei não conseguia ver nada de seus corpos. A linguagem sibilante baixa das criatura flutuou até o rei e ele estremeceu quando sua imaginação visualizou, não um tropel de criaturas bípedes, mas um enxame oscilante de miríade de serpentes, olhando fixamente para o homem no topo da escada com seus olhos brilhantes vigilantes.

Ele deslizou para a caverna superior e Atla empurrou a pedra para bloquear novamente a entrada daquele no lugar. A pedra encaixou na entrada do poço com precisão inquietante e Bran foi incapaz de discernir qualquer rachadura no chão, aparentemente sólido, da caverna. Atla fez um movimento para apagar a tocha, mas o rei a impediu.

"Mantenha a tocha acesa até que estejamos fora da caverna", ele resmungou. "Podemos pisar em uma cobra no escuro."

A risada docemente odiosa de Atla elevou-se loucamente na escuridão bruxuleante.

CAPÍTULO SEIS

Não foi muito antes do anoitecer, quando Bran chegou novamente à margem rodeada de altos caniços do Lago de Dagon. Atirando seu manto e espada embainhada no chão, despojou-se de suas calças de couro curtas. Em seguida, tendo seu punhal entre dentes, ele entrou na água com a facilidade e suavidade de uma foca mergulhando. Nadando com braçadas fortes, foi até o centro do pequeno lago, e lá, girando, mergulhou para as profundezas.

O lago era mais profundo do que ele havia pensado. Parecia-lhe que nunca iria chegar ao fundo, e quando o fez, suas mãos tateando não conseguiram encontrar o que procurava. Um rugido em seus ouvidos o alertou e ele nadou até a superfície.

Tragando profundamente o ar refrescante, ele mergulhou novamente, e mais uma vez sua busca foi infrutífera. Por uma terceira vez ele vasculhou as profundezas, e desta vez as mãos tateantes encontraram um objeto familiar na lama do fundo do lago. Agarrando firme o objeto, ele nadou até a superfície.

A Pedra não era particularmente volumosa, mas era pesada. Ele nadou vagarosamente, e de repente ele percebeu um agitar-se curioso nas águas ao seu redor, algo que não tinha sido causado por seus próprios movimentos. Empurrando seu rosto para baixo da superfície, tentou furar as profundidades azuladas com seus olhos e pensou ver uma obscura sombra gigantesca pairando lá embaixo.

Ele nadou mais rápido, não por medo, mas por cautela. Seus pés atingiram as águas rasas e engatinhou para cima, na margem nivelada. Olhando para trás, viu um redemoinho no fundo das águas que em seguida diminuiu afastando-se da vista. Bran balançou a cabeça, praguejando, tinha desacreditado a antiga lenda que fez do Lago de Dagon o covil de um inominável monstro das águas; mas agora, tinha a sensação de que sua fuga foi por muito pouco. Os mitos de tempos idos desta terra antiga foram tomando formas e voltando à vida diante de seus olhos. Que forma primitiva espreitava debaixo da superfície desse lago traiçoeiro, Bran não arriscava conjeturar, mas sentiu que os homens do pântano tinham uma boa razão para evitar aquele local, afinal de contas.

Bran vestiu seus trajes, montou o garanhão negro e atravessou os pântanos na desolação carmesim do arrebol do pôr do sol, com a Pedra Negra envolta em seu manto. Ele cavalgou, não para sua cabana, mas para o oeste, na direção da Torre de Trajano e do Anel de Dagon. À medida que vencia as milhas que se estendiam à sua frente, as estrelas vermelhas piscavam no firmamento. A meia-noite passou por ele em meio àquela escuridão sem lua e Bran continuou instigando seu garanhão. Seu coração estava em chamas ansiando pelo encontro com Titus Sulla. Atla regozijava-se com a antecipação de assistir ao romano se contorcer sob a tortura, mas tal pensamento não passava pela mente do picto. O governador teria sua chance com as armas – com a própria espada de Bran, o romano deve enfrentar adaga do rei picto, e viver ou morrer de acordo com a sua proeza. E, embora Sulla seja famoso como um espadachim em toda a província, Bran não sentia a menor dúvida quanto ao resultado.

O Anel de Dagon ficava a alguma distância da Torre - um círculo lúgubre de pedras descarnadas, alto e esquálido, plantado na vertical, com um altar de pedras rústicas no centro. Os romanos olhavam para esses menires com aversão; eles acreditavam que os Druidas lhes havia erigido; mas foram os celtas, os pictos, o povo de Bran, que lhes havia construído – e Bran sabia muito bem quais mãos tinham erguido aqueles monólitos sombrios em eras perdidas, embora por que razões, ele mal poderia imaginar.

O rei não cavalgou direto para o Anel. Ele estava consumido com a curiosidade sobre como seus aliados sombrios intencionavam cumprir sua promessa. Que Eles poderiam arrebatar Titus Sulla bem no meio de seus homens, ele tinha certeza, e mesmo acreditava saber como Eles iriam fazê-lo. E o rei sentiu o tormento de um estranho pressentimento, como se tivesse mexido com poderes de dimensões desconhecidas, e assim tinha libertado forças que não poderia controlar. Cada vez que lembrava daquele murmúrio reptiliano, aqueles olhos oblíquos da noite anterior, um sopro frio passava sobre si. Eles já eram repugnantes o suficiente quando seu povo os empurrou para as cavernas sob as colinas, há séculos; o que mais esses longos séculos de retrocesso teria feito deles? Em sua sombria vida subterrânea teriam Eles conservado algum dos atributos comuns à humanidade?

Um instinto o impeliu a cavalgar em direção à Torre. Ele sabia que estava perto; não fosse pela densa escuridão, já poderia ter visto claramente seus contornos volumosos rasgando o horizonte. Mesmo assim, ele deveria ser capaz de vê-la vagamente. Então um sobressalto, uma premonição obscura o sacudiu e ele esporeou o garanhão para um trotar mais rápido.

De repente Bran ficou atordoado sobre a sela, como se por um impacto físico, tão impressionante foi a surpresa que seu olhar encontrou. A torre inexpugnável de Trajano já não mais existia! O olhar atônito de Bran repousava sobre uma pilha gigantesca de ruínas – de pedra despedaçada e granito esmigalhado, de onde se projetava as extremidades irregulares e lascadas de vigas quebradas. Em um canto dos escombros, uma torre erguia-se dos destroços de alvenaria, inclinando-se embriagada, como se as suas fundações tivessem sido carcomidas em sua base.

Bran desmontou e caminhou à frente, desconcertado pela perplexidade. O fosso estava totalmente preenchido por pedras caídas e pedaços da parede de argamassa. Ele atravessou os escombros e foi até as ruínas. Onde, ele sabia, apenas algumas horas antes as bandeiras haviam ressoado para a marcha marcial de pés revestidos em ferro, e as muralhas tinham ecoado ao ressoar de escudos e a explosão do berro alto das trombetas, mas agora um silêncio terrível reinava.

Quase sob os pés de Bran, uma forma quebrada se contorcia e gemia. O rei curvou-se para o legionário que estava deitado em uma poça vermelha pegajosa de seu próprio sangue. Um simples olhar mostrou ao picto que o homem, terrivelmente esmagado e quebrado, estava morrendo.

Levantando a cabeça ensanguentada, Bran colocou seu cantil sobre os lábios descascados e o romano instintivamente sorveu um grande gole, engolindo entre os dentes despedaçados. Na luz opaca das estrelas Bran viu seu olhar vítreo.

"As muralhas caíram", murmurou o moribundo. "Elas caíram por terra como os céus despencando no dia do julgamento. Ah, Jové[5], os céus choveram estilhaços de granito e granizo de mármore!"

"Eu não senti nenhum sobressalto de terremoto," Bran fez uma careta, intrigado.

"Não foi terremoto", murmurou o romano. "Começou antes da madrugada, um ruído fraco arranhando e rasgando dentro da terra. Nós da guarda o ouvimos – como se ratos escavassem nas

---

5 - ***Jové***: Latim arcaico para o "*pai-deus*", normalmente se refere ao deus Júpiter. O nome latino *Iuppiter* originou-se como um composto vocativo do velho vocativo latino *Iou* e *pater* ("pai"), daí *Jové*, uma forma menos comum baseada em *Iov*. Estudos linguísticos identificam a forma *Iou-pater* como derivada do indo-europeu *Dyeus-piter* (que significa "*O Pai Céu-Deus*"). As formas mais antigas do nome da deidade em Roma era *Dieus-pater* ("dia / céu-pai"), então *Diéspiter.* O filólogo Georg Wissowa do século XIX afirmou que esses nomes estão conceitualmente e linguisticamente ligados a *Diovis* e *Diovis Pater*. Mais tarde os antigos os viram como entidades separadas de Júpiter. Os termos são semelhantes em etimologia e semântica (*Dies*, "luz do dia" e *Dius*, "céu diurno"), mas diferem linguisticamente. Wissowa considera digno de nota o epíteto *Dianus*. *Dieus* é o equivalente etimológico do *Zeus* da Grécia Antiga e do *Ziu* dos Teutônicos. A divindade indo-europeia é o deus do qual derivam ou se desenvolveram os nomes e parcialmente a teologia de *Júpiter* e de *Zeus*, o indo-ariano *Vedic Dyaus Pita* e mesmo do deus hebreu *Javé* ou *Iavé*, popularmente também conhecido como *Jeová*.

galerias, ou como se vermes rastejassem para fora da terra. Titus riu de nós, mas durante todo o dia nós ouvimos. Em seguida, à meia-noite a Torre tremeu e pareceu sossegar - como se as fundações estivessem sendo escavadas..."

Um tremor sacudiu Bran Mak Morn. Os Vermes da Terra! Milhares de vermes cavando como toupeiras bem debaixo do castelo, escavando os fundamentos - deuses, a terra deve estar furada e corroída com túneis e cavernas - aquelas criaturas eram ainda menos humanas do que ele havia pensado - que medonhas formas de escuridão ele tinha invocado para seu auxílio?

"O que foi feito de Titus Sulla?" Ele perguntou, novamente segurando o cantil aos lábios do legionário; nesse momento o romano moribundo parecia-lhe quase como um irmão.

"Logo que a Torre estremeceu, ouvimos um terrível grito na câmara do governador," murmurou o soldado. "Corremos para lá, enquanto arrombávamos a porta, ouvimos seus gritos... que pareciam se afastar... para as entranhas da terra! Quando entramos; a câmara estava vazia. Sua espada ensanguentada estava deitada no chão; nas lajes de pedra do chão havia um buraco negro escancarado. Então... as torres... cambalearam... o telhado desabou; através... de uma tempestade... de paredes despedaçadas... eu.. rastejei..."

Uma convulsão forte sacudiu a débil figura.

"Deite-me, amigo", sussurrou o romano. "Eu vou morrer."

Ele tinha deixado de respirar antes de Bran poder deitá-lo novamente. O picto levantou, limpando mecanicamente suas mãos. Ele se apressou a partir do local e, quando galopou ao longo dos pântanos escuros, o peso da amaldiçoada Pedra Negra sob sua capa era como o peso de um pesadelo abominável sobre um coração mortal.

Quando ele se aproximou do Anel, viu um brilho misterioso lá dentro, de modo que as pedras magras permaneciam cauterizadas como as costelas de um esqueleto queimado por um fogo de feitiçaria maligna. O garanhão bufou e recuou enquanto

Bran o amarrava a um dos menires. Levando a Pedra, ele entrou no círculo sinistro e viu Atla em pé ao lado do altar, uma mão em seu quadril, seu corpo sinuoso balançando de uma maneira serpentina. O altar brilhava com uma luz macabra e Bran sabia que alguém, provavelmente Atla, tinha-o esfregado com fósforo de algum pântano úmido ou lamaçal.

Bran caminhou à frente e chicoteando sua capa de sobre a Pedra, atirou a coisa maldita sobre o altar.

"Eu cumpri a minha parte do contrato", ele rosnou.

"E Eles, a deles", ela retrucou. "Olhe!.. Eles se aproximam!"

Bran virou, a mão instintivamente caindo para sua espada. Fora do Anel o grande garanhão gritou selvagemente e recuou esticando suas cordas. O vento noturno gemia através da grama ondulante e um abominável assobio suave se misturava com aquele gemido. Entre os menires fluiu uma maré escura das sombras, instáveis e caóticas. O Anel foi preenchido com olhos brilhantes que pairavam além do sombrio círculo ilusório de iluminação projetada pelo altar fosforescente. Em algum lugar na escuridão uma voz humana riu mansamente e balbuciou coisas sem sentido. Bran endureceu, as sombras de um horror arranhando em sua alma.

Ele apertou os olhos, tentando afastar de si as formas daqueles que o cercavam. Mas vislumbrou apenas massas esvoaçantes de sombras que se agitavam, se contorciam e se enroscavam com uma consistência quase fluida.

"Deixe-os fazer valer sua barganha!" Ele exclamou, irritado.

"Então veja, oh rei!" Atla gritou em voz de zombaria penetrante.

Houve uma agitação, um fervilhar nas sombras retorcidas e, da escuridão rastejou, como um animal de quatro patas, uma forma humana que caiu e se arrastou aos pés de Bran, se contorcendo, fazendo caretas, levantando uma cara de caveira, uivava como um cão moribundo. À luz sinistra, Bran, com a alma abalada, viu os vítreos olhos brancos, as feições anêmicas, soltas, se contorcendo, lábios cobertos de espuma de pura loucura... deuses, seria aquele Titus Sulla, o senhor orgulhoso da vida e da morte na orgulhosa cidade de Eboracum?

Bran desnudou sua espada.

"Eu tinha pensado em dar este golpe em vingança", disse sombriamente. "Dou-lhe em misericórdia – *Vale Caesar*!"

O aço brilhou à luz sombria e a cabeça de Sulla rolou até o pé do altar brilhante, onde permaneceu com o olhar fixo para o céu escurecido.

"Eles não lhe fizeram mal!" O riso odioso de Atla cortou o silêncio doentio. "Foi o que ele viu e veio a saber que destruiu seu cérebro! Como toda sua raça de pés-pesados, ele não sabia nada sobre os segredos desta terra antiga. Esta noite, ele foi arrastado pelas covas mais profundas do Inferno, onde até mesmo tu poderias ter empalidecido!"

"Bom para os romanos não conhecerem os segredos desta terra amaldiçoada!" Bran rugiu, enlouquecido, "com seus lagos assombrados por monstros, suas abomináveis mulheres-bruxas, e suas cavernas perdidas e reinos subterrâneos onde desovam as formas da escuridão do Inferno!"

"São Eles mais abomináveis do que um mortal que procura a sua ajuda?" Gritou Atla com um berro de alegria temerosa. "Dê-lhes a sua Pedra Negra!"

Uma repugnância cataclísmica balançou a alma de Bran com fúria vermelha.

"Sim, eis vossa Pedra amaldiçoada!" Ele rugiu, agarrando-a do altar e atirando-a entre as sombras com tal selvageria que arrancou sons de ossos estalando sob seu impacto. Uma terrível babel de línguas precipitou-se e as sombras soltaram em tumulto. Um segmento da massa se destacou por um instante e Bran soltou um grito de asco feroz, embora tivesse sido apenas uma visão rápida da coisa, ele teve uma breve impressão de uma ampla cabeça estranhamente achatada, lábios pendentes contorcidos que descobriam presas pontudas e encurvadas, e um hediondo corpo disforme, atarracado que parecia mosqueado, cercado por aqueles olhos reptilianos que não piscavam. Deuses! - Os mitos tinham lhe preparado para o horror no aspecto humano, o horror induzido pela visão bestial e deformidade atrofiada – mas aquele era o horror de pesadelo e da noite.

"Voltai ao inferno e levai vosso ídolo convosco!" Ele gritou, brandindo os punhos cerrados para o céu, à medida que as sombras espessas recuaram, fluindo para trás e para longe de Bran como as águas imundas de uma maré negra. "Vossos ancestrais eram homens, embora estranhos e monstruosos – mas, deuses, vós vos tornastes de fato medonhamente o que meu povo vos chama com desprezo! Répteis da terra, de volta para vossos buracos e tocas! *Vermes da terra*, voltai para vossos buracos e tocas! Vós apodreceis o ar e deixais sobre a terra limpa o lodo das serpentes que vos tornastes! Gonar estavas certo – existem formas deveras abomináveis para se usar, mesmo contra Roma!"

Bran saltou para fora do Anel como um homem que foge ao toque de um cobra enrolada e desamarrou o garanhão. A seu lado, Atla estava gritando com um riso de dar medo, todos os atributos humanos caíram de seu rosto como uma capa na noite.

"Rei da Terra Picta!" Ela gritou, "Rei dos tolos! Tu empalideces diante de uma coisa tão pequena? Fica e deixa-me mostrar-te os reais frutos dos poços! Ha! ha! ha! Corra, tolo, corra! Mas tu estás manchado com a mácula – tu os chamaste para fora e eles hão de lembrar! E em seu próprio tempo, eles virão a ti de novo!"

Bran gritou uma maldição sem palavras e atingiu-a violentamente na boca com a mão aberta. A mulher cambaleou, com sangue caindo de seus lábios, mas seu riso diabólico apenas subiu mais alto.

Bran saltou para a sela, cavalgou selvagem para a urze limpa e as colinas azuis frias do norte, onde poderia mergulhar a espada na matança limpa e embriagar sua alma no turbilhão vermelho da batalha, e esquecer o horror que se escondia sob os pântanos do oeste. Ele deu ao garanhão a rédea frenética, e cavalgou durante a noite como um fantasma assombrado, até que o uivo do riso infernal da mulher-lobo morreu na escuridão que ficou para trás.

Galeria

Bran Mak Morn contra os Vermes da Terra

ROBERT E. HOWARD

Nascido Robert Ervin Howard, em Peaster, Texas, Estados Unidos, 22 de Janeiro de 1906, e falecido em Cross Plains, Texas, Estados Unidos, 11 de Junho de 1936. O único filho de um médico viajante, Dr. Isaac Mordecai Howard e da senhora Hester Jane Ervin Howard, foi um prolífero escritor norte-americano que atuou primariamente como contista e poeta. Em sua vida profissional, Howard flertou com diversos gêneros, principalmente os atrelados à fantasia e ficção. Constante colaborador das revistas pulp fiction, muito populares nos Estados Unidos da Grande Depressão dos anos 1930, o escritor é atualmente mais conhecido pela autoria do personagem Conan, o Cimério, bem como por ser considerado, historicamente, o "pai" do subgênero de espada & feitiçaria (sword and sorcery).

Começou a escrever com 9 anos, mas só aos 15 anos começou a escrever profissionalmente, e somente em 1924 quando cursava a academia Howard Payne em Brownwood teve uma história publicada, o conto Spear and Fang (Lança e Presa) apareceu na edição de julho de 1925 da revista Weird Tales. Muitas de suas histórias vieram a ser publicadas na Weird Tales, como The Hyena (A Hiena) e The Lost Race (A Raça perdida), e teve sua primeira capa em 1926. Sua inspiração se deve aos contos de horror que ouvia da sua avó e da sua velha tia Mary Bohanoon, e quando criança sempre sonhava ser um bárbaro combatendo Roma, tornando-se assim um rebelde contra o mundo civilizado.

Escreveu histórias de muitos estilos, mas suas criações mais famosas são as do gênero sword and sorcery (espada e feitiçaria) - um gênero de fantasia caracterizado por sua ênfase em combates violentos e intervenções sobrenaturais (deuses, monstros, magos, etc.). Howard criou um dos personagens fantásticos mais populares de todos os tempos; o cimério Conan, que fez sua estreia no conto The Phoenix on the Sword (A Fênix na Espada) em Dezembro de 1932. Para hospedar sua criação Howard inventou a Era Hiboriana, que se trata da própria Terra, mas num passado pré-cataclísmico do qual a história atual não guarda lembranças. Outros os seus personagens célebres incluem o rei Kull, o aventureiro puritano Salomon Kane, e o rei picto Bran Mak Morn. Criou também as guerreiras Dark Agnes de la Fere e Red Sonya de Rogatino, esta última serviu como base para Roy Thomas criar a personagem Red Sonja para os quadrinhos do Conan na editora Marvel Comics. Com Conan e seus outras personagens, Howard criou o gênero que viria a ser conhecido como "Espada e Fantasia" (sword and sorcery) entre os anos 1920 e 1930. O seu trabalho originou uma série de imitadores, fazendo de Howard um dos grandes influenciadores no gênero da fantasia, apenas rivalizando com J.R.R. Tolkien.

Um outro campo em que Howard foi bem sucedido foi o do horror sobrenatural, no qual emprestou muitas ideias de seu correspondente e amigo H. P. Lovecraft, e sempre adicionando suas próprias marcas registradas de ação rápida e personagens chamativos.

ALEX MAGNOS

O tradutor dessa edição de Vermes da Terra é um apaixonado por Histórias em Quadrinhos desde os anos 80, quando teve seu primeiro contato com os comics norte-americanos através das antigas publicações Superaventuras Marvel e Herois da TV, mas foi só com outra publicação, A Espada Selvagem de Conan, que definitivamente foi fisgado pela magia que é contar histórias, seja através de HQ ou prosa. Já no distante ano de 1986, ele reuniu amigos do colégio para criar um grupo para contar suas histórias, quando escrevia HQ de humor, aventura, herois e eróticas para publicar em fanzine.

Tornou-se um colecionador de HQ desde então, mas sempre voltado aos gêneros Espada e Magia, Fantasia Heroica, Ficção-Científica e Terror Trash. Foi através dos Quadrinhos que ele descobriu o personagem Conan da Ciméria e assim, seu criador, o Mestre da Literatura Pulp Fiction e Sword and Sorcery, Robert E. Howard, de quem é admirador incondicional e colecionador de sua obra. Através de Howard, descobriu também H.P. Lovecraft, o mestre do terror, de quem também é fã. Howard e Lovecraft, com suas formas singulares de narrativa fantástica, belas e aterradoras, tornaram-se as principais inspirações para Magnos criar suas próprias histórias.

Saiba mais em:

Instagram *alexmagnos*

facebook *A.Magnos*

TheComicCreator

Leia também...

ISBN: 978-85-69097-08-2

ISBN-978-85-69097-00-6

ISBN: 978-85-69097-07-5

Fantasia, aventura, terror nas publicações da Red Dragon Books!

www.reddragonpublisher.com

RED DRAGON
PUBLISHER

BOOKS · COMICS · GRAPHIC NOVELS

Alex Magnos Storyteller
Fortaleza CE Brasil

facebook reddragonpublisher
Instagram reddragonpublisher
twitter redpublisher

reddragonpublisher@gmail.com
contato@reddragonpublisher.com
www.reddragonpublisher.com

Lightning Source UK Ltd.
Milton Keynes UK
UKHW010315140223
416945UK00007B/910

9 788569 097099